To Rena and

The Wit and Wisdom of Bobby 'Chicken Legs' Muldoon

(Book one of the Bobby Muldoon Trilogy)

Kate Donne

'AW RA BEST!'

Kate x

Copyright © 2016 Kate Donne

All rights reserved, including the right to reproduce this book, or portions thereof in any form. No part of this text may be reproduced, transmitted, downloaded, decompiled, reverse engineered, or stored, in any form or introduced into any information storage and retrieval system, in any form or by any means, whether electronic or mechanical without the express written permission of the author.

This is a work of fiction. Names and characters are the product of the author's imagination and any resemblance to actual persons, living or dead, is entirely coincidental.

The views expressed in this work are solely those of the author and do not necessarily reflect the views of the publisher, and the publisher hereby disclaims any responsibility for them.

ISBN: 978-1-326-59783-2

PublishNation
www.publishnation.co.uk

Acknowledgements

I would like to express my gratitude to the many people who made this book possible. Thank you to...

My husband, Steve, for your belief in me and for giving me the 'space' I needed to write.

My daughter, Angela and my grandson, Ross, for your support and encouragement and for laughing in all the right places!

Author Mark MacNicol, for taking time to help me with the Glasgow vernacular. Thank you so much.

Suzanne Ebel, for your editing guidance. You taught me so much.

My illustrator, Denise Totten, for understanding my vision of Bobby and bringing him to life.

My friend, Alan McHugh, for your unique understanding of my characters and for your invaluable feedback.

All my friends in 'The Novel Pool' writing group, for your literary guidance and the positive feedback you have given me.

My technical wizard, Rob Smith. Thank you for your patience and encouragement.

My friends Carolyn, Davy and Tri for all your positive energy.

My brother in law, Carl, for your enthusasm when you pushed me towards the starting line.

My friends, Linda, Tracy and Kay who took time to read my story and give me feedback.

Contents

Chapter 1: Chicken Legs

Chapter 2: Bra Straps an Custard

Chapter 3: Archie's Revenge

Chapter 4: Freedom

Chapter 5: McManus

Chapter 6: The Workies

Chapter 7: Granny an the Bag o Mince

Chapter 8: Santa's Little Helper

1. Chicken Legs

Robert James Muldoon. That's me. Fifteen years auld, four feet three, bright red hair an legs like a chicken. Ah didnae get a very enthusiastic welcome tae the world. Ma maw spent months convincin ersell ah wis a lassie an ma faither telt me that, when ah wis born, she took wan look at ma willie an ma carrot heid, let oot a blood curdlin scream an went intae a deep depression. Nice tae know ah wis er pride an joy.

Ah live in The Gorbals, Glesga. Thur's jist me, Maw an Faither. We've gote a flat oan the tenth flair o a twinty storey highrise. When it wis first built, some folk raved aboot it, sayin it wis a 'state o the art' buildin, jist like in America. Other folk said it looked like Barlinnie or Alcatraz. Tae me, it's like livin in a great big filin cabinet wi hunners o faimlies aw squashed intae the drawers. Ah like it here though. It's a lot better than the single end we yased tae live in cos that wis mingin. Thur wisnae space tae swing a cat an it wis cauld, miserable an runnin wi damp. Dead depressin.

Ah remember the day we moved tae the new hoose cos Maw wis excitit an that's no somethin ye see very often. Ah mind the look oan er face when she walked in the front door. She said it wis like walkin intae a mansion. She wis ower the moon cos it hud electricity, a bran new kitchenette, a bath an hot water. Thur's loads o space here. We've gote a livin room an kitchenette upstairs an then a wee set o stairs doon tae the bedrooms an bathroom. Nae mair sharin an ootside cludgie wi aw the neebors like in the auld hoose. That wis torture. Ye'd be desperate fur a jobbie an the wan afore ye hudnae hung up the key fur the door. No a good situation. Ootside the bedroom thur's a big concrete balcony where ye kin sit an huv yer tea. Faither's pit boxes o plants aw roond the edges an that's ees wee gairden. Maw hings er washin oot there tae an ah remember wan time, when it wis dead windy, aw oor clathes blew aff the line an Maw's big knickers finished up doon the road oan the church steeple. Embarrassin.

Ah wis chuffed cos thur wis hunners o weans livin in the new place. The tower block hus big long corridors an ah mind we yased tae run up and doon thum oan oor bikes. We hud a big play bit underneath the buildin an ah remember the guid times playin kick the can an tig. If we gote hungry we wid shout up tae the balconies till someb'dys maw flung oot food fur us. Saved us goin up an doon in the lift aw the time. Oot came the jeely pieces, aw wrapped up in greaseproof paper. We'd watch thum flyin doon an dodge aboot till we caught thum. Then we'd huv a wee picnic an get back tae oor games. Ma favourite wis 'chap an run'. We'd belt up an doon the stairs hammerin oan aw the doors an runnin away. Drove the neebors up the wa. Then they wid tell ma maw an ah'd get a skelp oan the back o the heid fur it. Maw's built like a boxer an every time she near knocked ma heid aff ma shooders. It's a wunner ah nivver gote brain damage. If it wis rainin we wid play in the corridors, singin an drummin oan biscuit tins wi wooden spoons an that. We wur aye gettin telt tae shift. Oor neebor, Aggie Smith, wis a crabbit auld witch. Hud a voice like a foghorn. She wid fling open er door an bawl er heid aff.

'Will you lot bugger aff! Ma man's oan night shift. Away an make a racket somewhere else!'

She's deid noo. Choked tae death oan a lump o McGowans toffee. Served er right.

When ah wis wee ah hud plenty pals tae play wi an ah wid kid oan they wur aw ma brothers an sisters. Compared tae aw the ither faimlies in the highrise, oors wis jist a wee wan. Ah mind ah asked Maw wan time how come she nivver hud mair weans, jist me. Then ah hud it, right between the eyes.

'Mair weans? Yer bloody jokin. Ah hud a bellyfu' o you wi aw yer shite an sick an screechin. Ye nearly pit me in the loony bin.'

No exactly whit ah needed tae hear. A real confidence builder.

She's a right bruiser, ma maw. Er real name's Ena but we named er efter Maw Broon oot the *Sunday Post* cos she's er double. She's even gote that bun thing stickin oot the back o er heid.

Ma faither's jist 'Faither' tae me. Ah wis six afore ah knew ees real name wis Alec. He hud the same red hair as me but noo ees only gote wan bit left that goes across ees heid fae wan ear tae the ither.

It's dead stupit lookin. Ah huv tae stoap masell cuttin it aff when ees sleepin. That wid jist get me grounded so thur's nae point. Ah feel dead sorry fur Faither cos Maw's a right nag. Dae this, dae that, fix this, fix that. He disnae get a minutes peace an disnae get a word in edgeways. Think he gave up tryin years ago. Ees a guid man, ma faither. He wis a jyner but he cannae work noo cos ees gote anthrax, that thing where ees fingers ur aw twistit. That disnae stop um makin things though. Ah mind at the auld hoose he built me a gang hut oan a wee bit waste grund in the back court. Made it wi bits o floorboards an rope an branches an that. It wis braw. Hud a bit o auld carpet oan the flair an a wee table fur us tae play snakes an ladders oan.

'There ye go son.' he said. 'That'll let ye get a bit o peace when yer needin it. Ah've made ye a sign fur the door an aw. Jist in case moanin Minnie comes doon an tries tae pit er neb in.'

The sign said 'Nae big folk allowed in here. Only wee weans.'

'Dae ye like it son?' Faither looked aw proud.

'Like it? It's the bestest thing ever. Ah cannae wait tae show ma pals.'

We wur in there every day efter school. Gote me away fae Maw's crabbit face. Wan time ah thought it hud went oan fire cos thur wis smoke pourin oot the roof. When ah opened the door, there wis Faither, aw scrunched up, puffin away oan ees pipe. Ah knew fine it wis tae get away fae Maw fur a wee while so ah sat wi um an we played Tiddlywinks till we gote shouted oan fur oor dinner. We still play games when Maw gies us peace. He lets me win every time an then he laughs an says 'Ye've beat me again son. Yer gettin too good fur me.' Ah like hearin um laugh. He disnae dae it very often. Maw nivver laughs. The best she kin manage is a wee smile noo an again an that's usually when she brings er scones oot the oven.

Naeb'dy calls me by ma right name. No even Maw an Faither. They named me Robert but they call me Bobby? Noo, why wid onyb'dy gie thur laddie wan name then chinge it tae a different wan? Makes nae sense tae me. Ah've hud loads o nicknames an aw. Mibbe that's cos ah'm dead skinny. Ah look as if ah could dae twenty lengths o a bird bath. At the wee school ah hud tae wear short troosers so that's where ma nickname 'chicken legs' came fae. That's where it startit. The slaggin. Ah remember wan time it gote that bad ah came hame greetin tae ma maw.

'Maw, the laddies at school ur makin a fool o me.' Ah wis beside masell. 'They made up a song aboot me an they wur aw roond me, chantin *Cluck cluck chicken legs, he kin lay a dozen eggs.* She wis cleanin the cooker an didnae even turn roond.

'Jist deal wi it.' she said. 'Ye *huv* gote chicken legs. Ignore the wee shitebags.' Good yin Maw. Very supportive.

Ah'm at the high school noo but the slaggin husnae stoapped. The wee hard men startit wi 'Carrot top', moved oan tae 'Ginger nut' an then it wis 'Boabby'. Nice one. Fur ages ah wis stuck wi the same name as ma willie. Tae make it wurse, ah huvnae developed like the laddies in ma class. Thur aw gettin muscles an bum fluff oan thur lips but ah'm still the same as ah wis when ah wis ten. Whit chance huv a gote. Ah cannae staund up fur masell either. Ah blame ma maw fur that tae. She nivver took ma side aboot onythin. Like the time wan o the big laddies at school tried tae strangle me in the playgrund.

'Dry yer eyes', she said. 'Ye mustuv deserved it. Ah could strangle ye masell sometimes.' Ah could strangle her tae but ah widnae risk sayin it. She's weird, ma maw. She's gote this thing aboot durt an ye nivver see er withoot er Brillos an a bottle o bleach. If ye staund still ye get sterilized. When she goes tae the Co-op fur er messages she wears a pair o pink rubber gloves cos she's convinced she's gonnae get a disease aff the shoppin trolleys. Noo that, tae me, is no normal. Naw, ah jist think she's aff er heid. Simple as that. Aw oor clathes gets bleached, starched an ironed. She even manages tae get a knife edge pleat doon the front o ma trackie troosers... an who ever heard o onyb'dy starchin underpants? Nae wunner ma groins ur aw chaffed. Ma faither's shurts get the same treatment an he looks as if someb'dy's chokin um.

As if that's no bad enough she makes um wear a tie aw the time an then hus the cheek tae look surprised when he gets friction burns oan ees neck. He disnae argue wi er though. Naeb'dy argues wi ma maw. Fur Faither an me, life isnae easy wi er. She's gote this obsession wi things bein in the right order. It's scary. She's jist pounced oan the kitchen cupboards again. Second time this week. Thur's a manic look oan er face an she's draggin everythin oot an pittin it aw back in, lined up in wee Tupperware boxes wi labels oan thum. It's sad. Thur aw in alphabetical order tae. A tae Z, fae left tae right. *Almonds, Bisto, Coffee... Drinkin Chocolate, Egg Powder, Flour.* Ah couldnae resist it. Ah chinged some o the labels. *Almonds, Bisto, Coffee... Diarrhoea, Ear-wax an Fanny.* She wisnae amused. 'If ye touch ma Tupperwares again ah'll knock ye intae next week. Yer grounded.' Ah made a quick exit.

Ah huv a great time windin Maw up. Ah play tricks oan er aw the time. Onythin tae get a bit o humour in the place. Ah thought the bath wan wis genius. She convinced ersell ah wis gonnae droon so she wid staund ootside the door an keep shoutin tae check ah wis awright. Ah nivver gote a minutes peace. Yin time ah ignored er. Ah pit ma heid under the water an lay there, dead still, wi ma eyes wide open, starin at the ceilin. She burst in an near hud a heart attack. Noo she says she disnae trust me so, every time ah go in the bath, she sits oan the lavvie pan readin er *People's Friend*. Ah huv tae pit in a load o bubbles tae hide ma embarrassment. Ah'm fifteen fur Gods sake. It's no decent.

When ah think o aw the weird things Maw does, thur's wan that takes the biscuit. She's gote a vacuum cleaner as a best pal. She's named it 'Dolly'. She fair picks er times tae push it roond the livin room tae, jist as me an Faither ur listenin tae the fitba oan the radio. Ah think she does it oan purpose. Three times a day it comes oot. She shouts 'up' an ma faither's legs catapult intae the air. Then he sits there lookin like ees gote *rigor mortis* while Dolly massacres the carpet. It's a wunner thur's ony fluff left in it. Wan time ma ears wur ringin that bad wi Dolly's dronin, ah took the fuse oot the plug when she wisnae lookin. She wis wailin an greetin like someb'dy had snuffed it. Ah couldnae staund it so ah pit the fuse back in. Ah huv tae admit ah felt a wee bit guilty when ah hud extra pocket money fur fixin it.

Ah think ma faither's really clivver. Ees jist built a telly. Ah helped um cos ees twistit haunds made it hard fur um. The day we made it Maw wis goin tae ma auntie May's so we waited till she wis away. We yased a saw tae cut oot a square in a big wooden box an we pit this tube thing inside it wi a screen at the front. When it wis finished we emptied Maw's weddin china oot the dresser, moved it tae wan side an pit the new telly in pride o place in the corner o the livin room. Then Faither fixed aw the wires an we plugged it in.

'Maw'll be the talk o the Gorbals Faither. Ah think she'll be dead chuffed, eh?'

'Ah hope so son. She kin watch the cookin programmes an you an me kin watch the footie.'

Faither switched it oan. It wis jist a load o black, squiggly lines at furst but then, like a magic trick, the black an white picture startit up. Ah wis dead excitit. Ah couldnae wait fur Maw tae get in. When she did she jist stood lookin at the telly wi er face trippin er. Then she stormed ower an switched it aff.

'If ye think ah'm pittin up wi that monstrosity, ye've anither think comin. It's a bloody eyesore.'

We hudnae hud time tae clear up the tools an sawdust an aw the china fae the dresser wis stacked up in piles oan the flair. She let rip at ma faither.

'Whit the bloody hell huv ye done tae ma livin room. Get that thing shiftit right noo... an ye kin pit ma dresser back the way it wis... oh, an while wur at it, ah hope yer no expectin me tae clear this lot up while you're sittin there twistin yer knobs so ye kin jist get yer arse aff that chair an get startit.'

Faither jist sucked in ees cheeks. Then she let rip at me.

'An you kin shift an aw. Gie yer faither a haund then get tae yer room an dae yer hamework.'

We didnae argue wi Maw that day. Nae point. We pit everythin right an moved the telly tae the back o the room. Faither wisnae happy but he didnae say onythin, he jist went oot. If ees annoyed aboot somethin he jist goes tae ees allotment an talks tae ees cabbages. That gets it oot ees system. Ah went tae ma room tae dae ma hamework. Whit a disappointment.

When Faither gote back in, there wis Maw, sittin wi er feet up oan the pouffee, drinkin tea an watchin *Coronation Street*. In this hoose thur's wan set o rules fur Maw an anither set fur us. It's shite. When ah said ah wis in ma room daein ma hamework ah wis lyin through ma teeth. Ah wis readin ma *Beano*. Ah hate school an ah'm no stayin fur much longer onyway so whit's the point o hamework?

All ah huv tae dae is talk Maw intae lettin me leave. She says ah've tae stay oan till ah'm sixteen an be a jyner like ma faither. Ah say ah'm gonnae leave tae be a plumber. Fur a wee laddie wi chicken legs an a maw built like a prize fighter, this is no gonnae be easy.

2. Bra Straps an Custard

Six months an hunners o arguments later an ah'm still no winnin. Ah'm still at school. Maw keeps sayin thur the best years o ma life.

'Ah dinnae want tae hear anither word aboot ye leavin the school, dae ye hear me? Ye've gote wan chance tae make somethin o yersell an if ye leave noo ye'll jist turn intae a layaboot wi tattoos an a prison record. Ye'll sit an watch telly, drink beer aw day an end up pished every night. Ah'm no huvin it. Yer stayin till yer sixteen then ye kin be a jyner like yer faither. Ye'll ayeways huv work if yer a jyner an that means food oan the table an a roof ower yer heid so shut yer bloody mooth aboot leavin. Dae ye hear me?'

'Aye Maw. Ah hear ye.'

Ah leave it fur a week an try again.

'Whit's the point Maw. Ah hate it.'

'How many times dae ah huv tae tell ye. Yer stayin oan so shut yer gob.'

'But if ah wis a plumber ah could fix yer taps an stuff?'

'Ma taps ur jist fine an yer gonnae be a jyner. No a bloody plumber.'

'But jist say ah *wis* a plumber an we hud a burst pipe...'

'Ah'll burst *you* in a minute. Shut it. Yer stayin oan.'

'But...'

Skelp. Mair brain damage.

So that's it. End o story. Ah've tae stay oan. It's stupit cos ah'm no learnin a thing. Nothin that's gonnae help me be a plumber onyway. Ok... ah kin tell ye aw aboot the Battle o Bannockburn but ah cannae see how that'll help me fit an immerser. Ah jist dinnae see the point. An onyway, the lessons ur a load o shite. Take the Art class. Ye sit at a wee desk wi a stick o charcoal, pit yer haund oan a bit o paper an draw roond it. Noo, that's really gonnae get me places. Bloody stupit if ye ask me.

The Art teacher's an eejit. Spends aw ees time pingin the lassies' bra straps. Naeb'dy likes um but he kin draw brilliant. Every week he draws someb'dy in the class an we get tae take it hame. Wan time he gave oot the wrang drawin. Big Magrit wis pure starkers in it. Er faither came stormin up tae the school, battered intae the classroom, punched the sleazebag in the face an broke ees nose. Thur wis blood aw doon the wa an the polis wur everywhere. It wis dead excitin.

Thur's some mental stuff goin oan in ma classes. Wan time in woodwork we wur makin a letter rack an wee Mikey totally lost the heid. Stabbed the teacher in the airm wi a chisel an gote done fur assault. Wisnae auld enough fur Barlinnie but he gote pit intae a place fur laddies that dae bad things tae folk. He turned tae religion an went tae India tae build mud hooses fur poor folk. The teachers ur aw a bunch o misfits. Specially the cookery wan. Ye jist huv tae look at er the wrang way and she bursts intae tears. Course, we help er along a wee bit. Nothin too dramatic. Dinnae want tae gie er the full nervous breakdoon. Jist enough tae get er goin. Aw we huv tae dae is start an egg fight an up she goes, screamin an tearin at er hair, yellin like a banshee.

'Deliquents. That's what you are. Every last one of you. Juvenile delinquents.'

Ah heard that she's leavin cos she's gote depression an she's gonnae write a book called *Coping with Panic Attacks*. Jist hope she appreciated oor help wi er research.

The Religious Education teacher's a hippie that writes folk songs. Ees no bad but ees gettin the sack fur huvin sex wi a sixth year in the cleaners' cupboard. Bet God isnae well chuffed wi him.

Ah quite like school dinners but everthin hus custard oan it. We spoon it intae the lassies' schoolbags when thur no lookin. They gote me back yisterday. Three o thum jumped me at the back o the bike sheds, pinned me doon an ah finished up wi muckle great luv bites aw ower ma neck. Ma Maw nivver seen thum, thank fuck, cos ah wis smart. Ah wore a polo neck.

Ma favourite's the Biology teacher, Mr Dickson. Sex education's a right laugh. He shows us pictures o rude stuff. When ah look at thum ah feel aw weird doon below. Ah ayeways thought Biology wis aboot cuttin up frogs an that but ah think ees squeamish so he jist pits oan a slide show. It's pictures o lassies' privates an he keeps leavin the room fur some reason? Weird.

Ah couldnae believe it wan day when he taught us how tae wipe oor bums.

'Now remember children. Front to back, not back to front or you may develop a serious infection and have to go to your doctor for antibiotics.'

Ah couldnae sleep fur a week efter that, worryin. Ah wis that feart ah couldnae 'go' an ma stomach swelled right up. Maw's castor oil soon fixed it though.

Naw, it's nae use. Ah hate school. Ah cannae take much mair. Loads o ma class huv left noo but Maw still says that ah'll huv mair chances if ah stay oan an keep learnin stuff. Whit she disnae realise is that up till noo ah've learnt bugger aw. Ok... ah kin draw ma haund, make treacle scones an a letter rack, recite the *Lord's Prayer* an wipe ma bum the right way. Great. Naw... ah need tae think o a way tae get oot. Mibbe if ah set fire tae the place, or brek aw the windaes, or get a lassie up the duff... huh, nae chance o that. Ah huvnae gote the nerve tae talk tae a lassie, ah huvnae ever winched a lassie an ah definitely huvnae gote a clue how ye dae onythin durty wi a lassie. They dinnae gie me the time o day cos thur aw far too busy swoonin ower big Gordie, the school stud. Ees six feet wi blonde hair an he looks like wan o they movie stars. Lucky bastard. That's whit gave me ma brainwave. Ah dinnae huv thum very often so ah wis convinced this wan wid work. Ah thought it must be ma carrot heid that wis pittin lassies aff so ah decidit tae dye it wi Maw's bleach. Ah thought that wid get rid o the red. It didnae. It turned bright yella. Ah wis panic stricken so ah went tae the shop an bought a 'Bleached Bombshell' kit. The packet said it would turn me intae a honey blonde. Did it fuck. Ah ended up wi an inch o red, an inch o pink an the ends wur still pure yella. Tae make it worse it went that dry it wis stickin oot like a lavvy brush so, alang wi ma sweat problem, ah looked like a meltin rainbow ice lolly. When ma maw saw it she totally lost the heid.

'Whit the fuck...' she looked horrified.

'Ah kin explain Maw...'

'Yer bloody right ye kin explain. Whit the hell did ye think ye wur daein?'

'Well, ah hud this brainwave an...'

'Ye kin stoap right there. Ye huv tae huv a brain tae huv a brainwave. Whit a bloody mess.'

'Ah thought if ah wis blonde like big Gordie at ma school then the lassies wid like me.'

'Lassies? Dae ye honestly think ony lassie wid gie *you* the time o day? She'd huv tae be blind wi a white stick. Right. Get doonstairs tae Big Bella an tell er ah sent ye.'

Aw naw! No Big Bella! She's no a real hairdresser, she's a dug groomer an she does haircuts in er hoose, dead cheap. This is a nightmare. When ah complained tae Maw she jist widnae huv it.

'Dae whit yer telt. Get aw that hair shaved aff an tell er no tae charge ye. It kin be payback fur me lookin efter er hamster. Noo get movin before ah shave yer heid masell. Move it!'

Looked efter er hamster? Ah think Maw gote that yin wrang. Ah mind o it. She said it wis a stinkin wee rat an left it ootside in the corridor. The pair wee thing froze tae death.

Jist as ah expectit, ma hair's a bloody mess. Aw ah'm left wi is hauf an inch o ginger fuzz an a big bald patch where the dug clippers slipped oot er haund. Ah couldnae tell Big Bella ah wisnae payin. Ah telt er Maw wid haund the money in. Next time ah huv a brainwave ah'm gonnae ignore it an kid oan it didnae happen. Nae chance o a girlfriend noo.

Ah cannae stoap thinkin aboot lassies an ah start dreamin aboot thum every night. In wan o ma dreams ah'm a honey blonde wi biceps an the lassie is stunnin. She's gote wan o they mini skirts oan. Aw the lassies ur wearin thum. The wee bit material jist covers thur arses an nae mair an they strut aboot, wigglin thur bum cheeks. At the school the laddies hide under the stairwell waitin fur the bell. Then aw the lassies come runnin doon the stairs an we get a good view o thur knickers. It's some sight.

Onyway, in ma dream this lassie an me ur haudin haunds an kissin an goin fur walks in the woods an that. Then, jist as wur aboot tae dae durty things, ah wake up. Ah pluck up the courage tae talk tae ma faither aboot the dreams an the wet patches oan ma bed sheets.

'That's normal fur a laddie o your age. Dinnae worry aboot it. Ye'll understaund it when yer a bit aulder. Dinnae wish yer life away son. Jist be natural an talk tae the lassies an it'll happen. Aw ye need is a bit mair confidence in yersell. Ah understaund it's hard fur ye.

Ah've spent years tryin tae get some fur masell an ah still huvnae managed it. Yer Maw's made sure o that.'

So that's it. Tae get a lassie aw ah need is some confidence. Trouble is ah huvnae gote a clue whit that is so ah'm gonnae huv a look fur someb'dy that's gote some. Next day at school ah look aroond. It disnae take long. Big Gordie's daein ees usual in the corridor, leanin against a pillar wi a group o lassies roond um. They've aw gote stupit grins oan thur faces an thur screechin wi laughter every time he opens ees mooth. He disnae wear a blazer. He struts aboot in a tight shirt wi the tap button open an ees tie jist hingin there, dead casual like. Ok, ah get it. Here goes. Ah take ma blazer aff, open ma shirt an fix mah tie the same.

Ah'm beginnin tae understaund this confidence thing. Ah'll nivver be six feet like Gordie but it's obvious ah've gote tae be funny so ah'm gonnae try it.

Ah see Sharon and say 'Hi'.

Nae answer.

'Hey Sharon... whit's red an bad fur yer teeth?'

Long silence.

'A brick.'

Ah wait fur her tae crease ersell laughin but she jist says 'Get tae fuck' an legs it. This is gonnae be harder than ah thought.

Ah decide tae stick wi big Gordie fur a while an get mair tips. Ah listen tae um as he chats up wan lassie efter anither. Ees sayin he works oot three times a day an ees lettin them aw squeeze ees biceps.

Ah look a bit closer. Whit's that thing ees daein wi ees mooth? Keeps liftin ees lip up an doon like Elvis. Onyway, the lassies ur aw gigglin so it must be workin. Ah find a windae tae get ma reflection an pit ma mooth the same as Gordie. It disnae work. Ah look as if ah've hud a stroke.

Ah'm determined tae master this confidence thing so ah follow Gordie alang the corridor. Ah notice he walks wi a bit o a swagger an swings ees airms fae side tae side. Ah try it. Ah'm jist gettin the hang o it when the school nurse sees me.

'Oh my goodness Robert! Are you alright dear? What on earth has happened to your legs?' Ah dinnae even try tae explain.

Nane o this is workin. Ah cannae tell jokes, ah cannae make ma mooth move right, ah'm nae guid at swaggerin an ah'm sweatin like a pig wi the effort. Ah'm jist aboot tae jack it in when ah see er, squashed intae a corner, bright red hair an skinny wee legs, jist like mine. Tears ur streamin doon er face. Ah get a bit closer.

'You awright?'

Nae answer.... jist mair tears. Ah kin tell whit she's greetin fur. It's the slaggin. Noo, ah dinnae usually go onywhere near lassies an ah huvnae a clue where it came fae but ah move in an gie er ma hanky. She takes it an wipes er face.

'Thanks.'

'Nae bother.'

She looks at me an ah kin tell she thinks ah'm the bees knees. We start walkin doon the corridor. Carrot tops th'gither we dinnae huv tae say a word. Noo ah understaund whit confidence is. Ah think ah've gote a girlfriend. Bobby Muldoon wi a girlfriend? How good is that, eh? How unbelievably, fuckin good is that!

3. Archie's Revenge

Ma carrot heid girlfriend chucked me efter a week. Ah wis near greetin.

'How come ye dinnae want tae go oot wi me ony mair Charmaine?'

'Ah'm sorry Bobby. Ah really like ye but ma da says ah'm too young tae be goin oot wi laddies an ah huv tae concentrate oan ma school work so ah kin be a nurse.'

Ah wis dumped but ah wis glad it hud nuthin tae dae wi ma carrot heid or sweaty oxters so ah jist said fair enough an that wis it. Ah wis jist gettin there wi er tae. Jist aboot tae try an kiss er an stick ma haund up er blouse. Noo ah widnae get the chance. Ah couldnae stoap thinkin aboot er but ah hud tae face it. She wis gonnae be a nurse an that takes a shitload o brains so er da wis quite right ah suppose.

Oan ma way hame oan Friday ah fund oot the real reason. School work ma arse. Big slimey git Gordie hud moved in an stole er aff me. There they wur, winchin at the bus stoap. Ah wis gutted. Ah hid roond the corner an spied oan thum. He wis daein ees usual Elvis mooth thing an she wis screechin wi laughter jist like aw the ithers. Bastard.

Noo ah'm desperate. Ah cannae stay at school fur anither six months an watch thum sookin the faces aff each ither. Its nae use tryin tae persuade Maw tae let me leave cos she isnae listenin so ah'm gonnae go an speak tae Archie. He gies me guid advice oan problems an that. Ees been ma faither's best mate fur years an he wis aye in oor hoose but no sae much lately. Maw kept makin um take ees boots aff at the door and then aw the time he wis in she moaned the face aff um.

'Will ye watch whit yer daein wi that biscuit Archie. Yer drappin crumbs oan ma carpet an ah've telt ye afore tae pit a coaster oan ma table. That cost a lot o hard earned money an yer leavin marks oan it wi yer cup.' He says ees no comin back cos she does ees heid in.

Archie's a big man. Ees no been tae a barber fur years an ees gote a load o grey hair wi a pony tail hauf way doon ees back. He wis in the Navy durin the war but he didnae see ony fightin. The Government sent um tae Australia an forgote he wis there. When he gote back the war wis finished. I like listenin tae aw ees stories. Like the wan where he wis daein a weldin joab oan wan o the ships. He lit ees blow lamp an left it oan a ladder, forgote aboot it, turned roond an burnt aw the freckles aff ees face. Left um wi big pock marks. Mibbe that's how he cannae get a wumman. He disnae seem tae be bothered though. We get oan great, me an Archie, an he'll be pleased tae see me cos ah nicked a couple o ma faither's beers oot the sideboard fur um. He likes ees bevvy but ah've nivver seen um staggerin wi it. Every time ah see um he tells me ees gonnae live till ees a hundred an then he cracks the same joke ah've heard a hunner times afore.

'If ye want tae keep somethin fur a long time Bobby, jist steep it in alcohol.'

Ah make a point o laughin. That pleases um. Archie's in the highrise next tae oors. Trouble is, the lift's broke an ees oan the sixteenth flair. By the time ah get tae ees flat ah cannae breathe cos ma lungs huv collapsed. He opens ees door.

'Aw, it's yersell Bobby. Come away in son an sit doon afore ye fa doon. It's some hike wi nae lift eh?' Ah cannae answer um cos ah cannae breathe right.

'Nivver mind, yer here noo an ye brought beer tae. Yer lookin awfi doon in the dumps son. Ah take it Mrs Motormooth's at it again?' Ah jist nod ma heid cos it's aw ah kin dae.

'Aye, thought as much. You get yer breath an ah'll get an opener. Then you an me kin huv a wee swally an ye kin tell me whit's up.' Ah sink intae a chair.

Archie goes intae ees kitchen an oot comes Skippy, ees wee three-legged dug. It's wan o they wee broon wirey wans an it's a bloody shame cos it cannae walk right. Hus tae skip an hop aw the time. Must be knackered. Tae make things worse it grew a weird wart oan the end o its nose an gote its ear bit aff in a dug fight. No much goin fur it. Ah kin relate tae that. Onyway, aw they afflictions dinnae seem tae bother it cos it aye wags its tail when it sees ye. Ah gie it a pat oan the heid an it licks ma haund. Ah've been wantin a dug fur ages but Maw says she's no pittin up wi the hairs so ah'm no allowed wan. Ah've nivver hud a pet. Ah mind ah won a goldfish at the shows wan time an Maw flushed it doon the lavvie. Said it wis too much work tae clean it oot aw the time. Archie comes back wi the opener. Ah huvnae ever hud drink afore but ah dinnae tell um that. Ma breath's back so ah take a sip oot the bottle. It tastes like shite so ah jist kid oan ah'm drinkin it. Then ah tell um aboot aw ma arguments wi Maw an aw the slaggin an the Charmaine stuff an ma misery wi school an that. He says he feels sorry fur me, specially huvin tae pit up wi Maw. Ah tell um that if a hud a joab she might say ah kin leave.

'Trouble is Bobby, she's yer maw an at the end o the day an she hus the last say. Once yer auld enough ye kin make yer ain decisions but fur noo ye huvnae gote much choice. Ah'll see whit ah kin dae aboot a joab fur ye but ah'm no makin ony promises. Noo, cheer up son. Let's finish oor drinks an we kin take Skippy tae the park. We'll jist sit an dae some people watchin, eh?'

Archie goes tae get the dug's lead. Ah'm no sure whit tae dae wi the beer an ah dinnae want tae hurt ees feelins so ah pour it intae ees spider plant. Drink's no fur me.

When we get tae the park we sit oan the bench an Archie talks aboot ma faither an aw the things they gote up tae when they wir wee. It disnae sound like Faither. He disnae seem as happy noo as he wis in they days. Archie says that Maw hus made um like that. Ah kin understaund whit he means. She makes everyb'dy aroond er miserable.

Archie sits an reads ees paper an ah'm enjoyin masell watchin Skippy hoppin aboot. Ees a happy wee dug. Then thur's a disaster. The wee thing lifts it's leg up fur a pee an collapses tae the grund. Mustuv gote a fright cos it jist lay oan its back, wi its three legs stickin up in the air. Next thing, we hear aw this shoutin. A crowd o neds ur makin a right fool o the wee thing. Laughin an swearin like troopers. Bunch o shites. Spend every day hingin aboot drinkin Buckie cos they cannae get joabs. Then, efter thur aw pissed, they dae nuthin but cause a load o grief.

Archie's fumin noo. He picks up ees dug an careers up the road, face like a beetroot, mutterin under ees breath. Ah run efter um but ees a big man an ma wee legs cannae keep up. When he gets inside the buildin, he slams the door near aff its hinges. Ah decide ah better leave um till he calms doon a bit so ah jist go hame.

Oan the Sunday ah wis worried aboot um so ah go roond tae the flat wi some o ma maw's hamemade soup. He disnae answer at first but ees in cos ah kin hear aw this laughin so ah gie um a shout through ees letter box. He lets me in. Ees pal's there, Geoff, a retired jyner an awfi good wi ees haunds. Sells a lot o nice stuff at the car boot oan a Sunday. Ah cannae believe ma eyes when ah see whit thur daein. The pair o thum huv made the dug a wee wooden leg oot o MDF. It's dead realistic lookin cos they've stuck wee bits o curly, broon wool oan it. Archie's neebor, Betty knits a lot fur the church jumbles an she ayeways hus plenty spare wool in the hoose so that's likely where it came fae. Onyway, the leg hus a harness oan it an thur busy fittin it oan the dug. It looks dead good. Wee Skippy's jist staundin there, leanin tae wan side cos the wooden leg's longer than the ither three. The dug looks confused. Ye'd think wi aw ees experience jyner Geoff woulduv gote the measurements right.

We aw go tae the park. Archie pits Skippy doon, shoves the wooden leg intae the grass and says 'Stay'. The dug's definitely in oan the act cos it staunds dead still, solid, no even blinkin. We sit doon oan the bench an wait. Right enough the yobs arrive, ready tae start creatin. They take wan look at the dug and thur mooths drap open. We keep oor faces dead serious.

'Whaur's yer stupit wee three legged dug the day then Grandad?' says yobbo number wan.

'Ees right there' says Archie, pointin at Skippy, dead calm like.

Yobbo two steps in.

'Aye right. That dug's gote aw its legs.'

Skippy's still jist staundin there. Ah'm sure ah kin see a wee grin oan ees face.

Yobbo one whispers tae yobbo two.

'That is the same dug. It's gote that nose wart thing an wan lug.'

Yobbo two screws up ees ugly wee face an peers at the dug.

'So it hus. How's that then? It only hud three legs yisterday an noo it's gote thum aw. Naw, nae chance.'

The three o us sit there, no sayin a word, lookin straight at the yobs. Then Archie pipes up.

'Huv youse lot no heard o the new tablet that's oot? It's specially fur three legged dugs? Gote it fae the vet. Gave it wan an, ya dancer, it grew a new leg. Magic, eh?'

They aw jist staund gawkin at the dug.

'Haud it right there.' says yobbo two. 'Yer no makin a fool o us, ya wrinkly auld bastard.'

He starts comin fur Archie an lifts ees fist tae gie um a punch. The dug's no huvin it. It drags its leg oot the grass, dives oan the wee moron an sinks its teeth intae ees crotch. It's a sight fur sair eyes. Next second, the yobbo's greetin like a wean an writhin oan the grass, blood aw ower ees troosers. The ither wee shites have aw vanished like snaw aff a dyke. Then Skippy legs it, headin tae Archie's flat, goin fast as it kin wi three real legs an a wooden yin. It belts oot the park gates an right ower the main road. The cars ur aw at a standstill an this thing's hoppin alang wi the wooden leg clatterin behind it. When we get back tae the flat it's at the front door, waggin its tail. We get in an Archie says we need tae celebrate oor victory so he brings oot the Johnnie Walker an pours three big snifters. Aw naw. Mair drink. Ah taste it an it feels aw warm in ma belly. This isnae hauf bad. Ah gulp it doon. We're aw laughin like drains an the wee dug's lookin shattered so we gie it a chocolate biscuit fur a reward. Oot the windae we see the ambulance screamin past. We aw chink oor glasses th'gither tae toast oor success. Then we each huv three mair drinks. Ah start tae feel aw weird. Ah've nivver felt like this afore. Ah think ah need tae get hame so ah gie Skippy anither pat an stand up. Jesus. Ah cannae make ma legs move an ah'm seein double. Ma belly's oan fire, ma heid's birlin an ah think ah'm gonnae spew. Ah need tae get oot fur some fresh air.

Ah say cheerio tae Archie an Geoff an stagger doon the sixteen flights. The fresh air hits ma face like wan o ma maw's skelps. Next thing, ah'm oan the flair, oot cauld.

Ah've nae idea how lang ah wis lyin there an when ah come roond ah've no gote a clue where ah am. Ah stagger hame an, thank fuck, ma faither's in ees bed an ma maw's at the bingo. She'd kill me if she saw me. Ah collapse intae ma bed but when ah lie doon it's worse an ah huv tae dive tae the lavvie. Ah'm sick as a pig. Whit a feelin. Ah think ah must be allergic tae drink. Ah'm no huvin it again. Next time ah'm at Archies ah'll jist ask um fur an Irn Bru.

4. Freedom

Efter anither month o misery, ah'm still at school. The report cards ur oot. Ah bring mine hame an when Maw reads it she near collapses. She's that shocked she says it's obvious ah've wastit ma time an ah'm better aff leavin an gettin a joab as a jyner. Ah say over ma deid body.

Klinkerburn Secondary School Report
Pupil: Robert James Muldoon

Subject: Cookery
Teacher: Miss Crockett

Our cookery teacher Miss Crockett has retired early with mental fatigue. As a result there will be no report issued this term. Unfortunately, Robert has played a major part in causing her condition. While she recuperates she will be publishing a book entitled *Coping with Panic Attacks*. Any parent wishing to pre-order a signed copy should contact the school. Parents are entitled to a promotional discount. Please DO NOT send cash to the school via your child as there is a strong chance it will be spent on 20 Embassy Regal.

Subject: Biology
Teacher: Mr Dickson

Robert seems unsettled in class. He is constantly fidgeting under his desk and I suggest an appointment is made with his doctor. His complexion is often very highly coloured particularly during sex education. Perhaps a blood pressure check would be in order.

Subject: Religious Education
Teacher: Mr Goodman

Robert lacks focus and can be very disruptive in class. I feel that he has not fully grasped the concept of God as an entity and I would ask that you, as his parents, strongly discourage him from telling the younger pupils that God has a long white beard and flowing robes and sits up in heaven on a cloud drinking lager.

Subject: Art
Teacher: Mr Paynton

Unfortunately, Robert's examination piece has been discredited as his still life drawing of a banana and two plums had a strong sexual connotation. He appears to be at his best when he is drawing objects like taps, baths and toilet seats. He obviously has an affinity for these plumbing items. I feel this is where his artistic talent lies.

> **Subject: Woodwork**
> **Teacher: Mr Nailer**
>
> Unfortunately Mr Nailer is still absent from work after a tragic classroom accident involving a chisel. He has however managed to write to us from his hospital bed and we very much appreciate how much effort this must have taken. Please see his short comment below. It's all he could manage.
>
> 'I would NOT recommend that Robert pursues a career as a joiner. His relationship with wood is dysfunctional.'
>
> **Subject: Arithmetic**
> **Teacher: Miss Forth**
>
> Robert will never be a number cruncher. He is unfortunately a numbskull. I feel his inability to add and subtract will affect any future career plans involving numerical calculations. I recommend that he tries his hand at a trade. He would make an excellent plumber. Definitely not a joiner.

That did it. Maw finally gave in. She said the teachers knew best an if they thought ah wid be good at bein a plumber then that's whit ah should be. Whit she didnae realise wis ah'd made up an escape plan an ah'd wrote the thing masell. Well, no me exactly. Ah gote ma pal Shug tae dae it. Ees at the college. Ees dead brainy an he kin write aw the big words like the teachers wid write thum. We binned the real wan an he yased a typewriter an gote the spellin right an aw that. It wis a work o art. Maw fell fur it an ah wis gone. Freedom. Nae mair school fur Bobby Muldoon. Oan ma last day ah spoke tae Charmaine an telt er ah hud nae hard feelins aboot er dumpin me.

'Ah'm glad ye feel like that Bobby.' She looked dead nervous. 'Ah didnae mean tae hurt ye.'

'Naw, ye didnae hurt me Charmaine. Ah'm awright. Ah'm leavin onyway. Ah'm gonnae be gettin a joab soon so ah'm happy. Jist you enjoy yersell wi big Gordie.'

Ah watched er walk away lookin dead chuffed. Then ah went right roond aw the weans in the school an telt thum that she wis up the duff an big Gordie wis the faither. Rumours get roond oor school dead quick. This wan went roond like wild fire. It'll no be long till she's the talk o the Gorbals. Take that ya two timin bitch.

5. McManus

Ah've been left school fur weeks noo an ah'm dead disappointit cos it's no as good as ah thought it wid be. Ah'm feelin depressed cos o Charmaine, ah huvnae gote ony pals tae knock aboot wi an ah'm at hame wi Maw every day. It's torture. Ma heid's burstin wi er naggin. She says if ah huvnae gote a joab then ah kin earn ma keep daein the hoosework. Ah get dragged oot ma bed a stupit o clock an ah'm made tae polish aw the furniture, dae dishes, empty the buckets an push Dolly aboot the livin room. Ah'm jist aboot tae lose the will tae live when ma faither saves ma bacon.

'Archie wants tae see ye son. Ah think he might huv word o a joab wi wan o ees mates. Ees a big noise an ees gote a buildin company. Thur daein the new hooses at Drumchapel an ees lookin fur an apprentice plumber so ah wid get roond there pronto in case it goes tae someb'dy else.'

Ma feet dinnae touch the grund gettin tae Archies. Ah'm mibbe gettin a joab. Ah run up the stairs two at a time an ah'm no even oot o breath. When ah get in Archie's huvin a beer an watchin telly. He switches it aff an looks at me, dead serious.

'Right Bobby. Ah've spoke tae ma mate Ronnie McManus aboot a joab fur ye. Ees an entrepreneur.' Ah dinnae ask whit that is but it sounds dead important. 'Noo, listen up son. Ma reputation's oan the line here an if ah get ye in ye'll need tae work yer baws aff. That clear?'

'Aye. Ah'll no let ye doon Archie, ah promise.'

'Right. Ah've tae take ye tae see um oan Thursday an see whit he thinks.'

Ah thank Archie fur the chance an run hame. When ah get in ah'm twitterin like a budgie wi excitement. Ma faither's dead happy fur me but Maw does er usual.

'Right then. If yer gonnae be workin, dinnae think ye'll be keepin yer wage packet every week. Ah'll be takin yer keep an ah'm gonnae huv tae gie ye pieces every day an buy aw yer stuff. If thur's onythin left ye'll get some back. If no, then ye'll get nuthin.'

Typical. The best thing that's ever happened tae me an she pits a damper oan it. Mind you, she pits a damper oan everythin so ah'm no surprised. Even Christmas is miserable. We dinnae get a tree cos she says the needles choke er vacuum. She jist pits the fairy lights oan er pot plant. Well, it disnae work this time. Nuthin kin spoil this. Ah'm gonnae be workin soon. Ah'm gonnae dae everythin ah kin tae impress McManus. Ah'm gonnae be a plumber.

Thursday comes an we head fur McManus's place in Archie's car. It's a Ford Anglia an it's ees pride an joy. Ees painted it purple an pink, an thur's a leopard skin steerin wheel cover an a wee toy dug wi a bouncy heid in the back windae. Ah'm gonnae get a car the same when ah'm a plumber.

McManus must be loaded. Ees hoose is huge an thur's these big iron gates at the front o it. He comes oot. Ees built like a brick shithoose an ees gote this massive Alsatian dug oan a chain. Archie stretches ower an winds doon ma windae. The dug moves right up tae the car an bares its teeth at me. Fuckin scary. Ah hope McManus hauds ontae it or it'll be in the front seat an ah'll be dug meat. Big McManus looks me up an doon. He disnae talk tae me. Jist tae Archie. Here we go.

'Ees a scrawny wee shite but ah'm needin someb'dy so ah'll gie um a start. Monday. Hauf seven at the cross. Wan o the boys'll pick um up.'

Archie thanks um an we drive away. Ah cannae believe it. Ah've gote a joab.

Oan the way back ah try tae get a bit mair oan McManus but Archie disnae seem keen tae talk aboot um much.

'How come we nivver gote asked in Archie?'

'Only those an such as those get in there son.'

'He must be makin a mint wi a hoose like that eh?'

'Aye. He does awright.'

'Whit wis he daein wi that box he hud oan the gates wi aw the numbers oan it?'

'Security code. Keeps um fae gettin unwanted visitors. Noo, nae mair questions. Jist be grateful yer in.'

First time ah see McManus ah'll ask um fur the code jist in case ah need tae go an see um aboot plumbin stuff. Ah'm beside masell wi excitement. Three days till ah start ma joab. Friday, Saturday an Sunday. Jist three days. Monday cannae come quick enough.

Oan the Friday ah hud a disaster. Instead o wastin ma time readin ma *Beano* ah thought ah might as well start learnin masell aboot plumbin so ah unscrewed the bathroom tap tae see how it worked. Bad idea. The water wis gushin oot everywhere. By the time Faither switched it aff at the mains we wur baith soaked tae the skin an aw the toilet rolls wur floatin oot the door intae the hall. Whit a mess. Maw wis goin crazy, screamin an greetin at the same time. Then she hud a ragin argument wi the neebors doonstairs cos aw the water wis gushin through thur ceilin. Ah wisnae very popular. Maw made me mop it aw up an wash oot the drookit towels. Took me ages tae get it fixed. Then ah gote sent tae the shop fur mair bum rolls. By the time ah gote there it wis shut so we hud tae yase wee squares o newspaper. Ah'll jist wait till Monday tae learn how taps work.

Maw wis in a foul mood aw night so an ah stayed oot er road. Then oan the Saturday the shit really hit the fan. She gote a letter an it made er that mad ma faither hud tae peel er aff the ceilin. It wis fae the African charity wumman.

35

Maw hus three sisters. Madge, May an Avril. Thur aw right intae charity work an the meetins ur ayeways in oor hoose. Ma faither gets sent tae the bowlin club oot the way an ah'm no allowed in the room cos it's right serious stuff. They meetins huv convinced me insanity's genetic. Thur aw knittin fanatics an when they arrive, wan by wan the bags ur opened an aw the monstrosities ur held up tae screams o appreciation. Sounds jist like the monkey hoose at the zoo.

Three weeks ago there wis this big discussion tae decide which charity wid benefit maist fae thur donations. Ah couldnae believe ma ears when ah heard thum seriously makin plans tae send the stuff tae Malawi. Noo whit would aw they Africans dae wi dozens o woolly scarves an a shedload o Arran jumpers? It's a hunner an twinty degrees in the shade fur fuck's sake! Onyway, Maw starts readin the charity letter.

'Wid ye listen tae this!'

She spits the words oot an pretends tae be posh, like a charity wumman.

'Dear Mrs Muldoon. We are very appreciative of the garments made by you and your sisters and they are indeed a work of art. You would almost think they had been done on a knitting machine. At this month's committee meeting we all agreed that Africa is not the ideal route for them to take as it's extremely hot there and so we came up with a plan. We love the strawberry detail on your tea cosies so we wondered if we could perhaps add some pretty chin straps and colourful pom poms and turn them into woolly hats for the local children? Please consult with your sisters and let us know asap and we can set to work. Yours Sincerely, Christina Cunningham, Chairwoman.' Maw loses it.

'Whit a fuckin stupit idea! If they think we're gonnae watch oor cosies wanderin aboot the Gorbals they kin think again. That's them finished. Thur's no wan o us gonnae pit anither bit o wool roond a needle fur that lot. Bunch o jumped up, do goodin shites.'

She called an emergency knitters meetin an the three stoogies arrived wi faces like fizz. They aw look like each other, the sisters. Aw big, like Maw, wi bright red lips, curly perms an huge diddies. They sat in in the livin room an cackled like geese aw night, gripin an moanin an makin plans tae sabotage the charity centre. Dinnae think they wir serious though.

Efter er sisters left Maw wis still ragin an me an Faither had a right earfu aw night. She kept readin oot the bloody letter over an over again, pacin aboot, cursin an swearin. We couldnae hear the telly fur er. Whit a way tae spend a Saturday night. Aw ah kin say is god help the charity wumman when Maw gets haud o er.

6. The Workies

Maw rampaged aboot the hoose aw day Sunday an she wis still moanin aboot the letter oan Monday mornin. Ah hud ma porridge flung at me an she wis clatterin aboot the kitchen talkin tae ersell. Ah wis dead nervous aboot startin ma joab an she wis jist makin me worse wi er cairry oan.

'Ah tell ye. Thur's some arseholes roond here needin tae take a guid look at thursells. Ye try tae help folk an aw ye get is a load o shite. Make ye sick. Make ye bloody sick, the lot o thum.'

Then we hud a row aboot ma new overalls. They wur three sizes bigger than me an aw the material wis hingin doon ower ma airms an feet. Ah try tae talk tae er aboot it.

'Aw Maw, ah cannae go like this.'

As usual, she didnae gie a shit aboot ma feelins.

'Listen you. They wur the best wans in the shop so shut yer bloody trap. Yer no ayeways gonnae be a skinny wee shite. Ye'll be daein hard graftin so ye'll no be long gettin muscles an ye'll grow intae thum... ah tell ye ah'm gonnae go roond tae that charity place the day an gie thum the edge o ma tongue. They ask fur yer help then chuck it in yer face.'

The knittin's obviously mair important than ma overall problem.

'Maw, whit am ah gonnae dae wi these overalls. Ah cannae walk in thum.'

'Will ye quit moanin. Jist turn up the trooser legs... Ah'll get yer auntie May tae come wi me. She's guid at causin trouble. She kin tell thum where tae stick thur charity.'

Ah try again.

'Whit aboot the sleeves though. They'll aw laugh at me.'

Nae joy.

'Turn thum up fur fuck's sake. Noo shut yer cakehole an get yer arse tae the cross fur yer lift... ah'm gonnae go tae that charity place the day an take every last bit o knittin oot o there an thur aw gonnae be sorry.'

Then she haunds me a wee metal piece box. Ah couldnae believe it. She'd pit wan o er labels oan it. It said 'Haunds aff. This tin belongs tae Robert James Muldoon. Plumber.'

She's swingin fae the lights noo, rantin at the tap o er voice, ignorin the fact that ah look like somethin oot a midden.

'You mind an watch they workies. Thur bastards. They'd steal aff thur granny if they could get away wi it. Keep that tin beside ye cos if it gets nicked ah'm no buyin ye anither yin. Dae ye hear me?'

'Aye Maw, ah hear ye.'

Ah gie up. Jist as ah'm leavin, she shouts efter me.

'An you make sure yer hame in time fur yer tea the night. Yer granny's comin.' Before ah kin answer she slams the door.

Ah get tae the cross an wait fur ma lift. Ah'm glad tae be oot the hoose an ah cannae help feelin chuffed wi masell. Ah'm a workie noo. The white van comes speedin roond the corner an screeches tae a halt. Ma nerves start janglin again. Ah get in an say thanks tae the driver. He jist grunts an then he tells me ees name's Charlie an ees a painter. Ees no very friendly. He says that pickin me up takes um miles oot ees way an if McManus thinks ees gonnae be daein it every day, five days a week, ees gote anither think comin cos ees no a taxi service. He disnae speak again till we get tae the buildin site.

We've tae work in this new hoose an it looks like the cooncil tip. Thur's stuff lyin aboot everywhere. Boxes o tools, piles o copper pipin an huge big rolls o cable aw ower the flair. The place is filthy. Fuck. Ah think ah'm turnin intae ma maw. Ah jist feel like grabbin a brush an cleanin this place up. No a good sign. Thur's a wee paint covered tape recorder oan the flair an it's beltin oot Beatles songs. Thur's workies everywhere an thur aw singin along tae *A Hard Day's Night*. Ah start tae get stressed again. Ah'm no yased tae noise an chaos. Charlie disnae introduce me tae the men. He jist walks away an leaves me staundin. Wan by wan the workies start speakin tae me an ask me where a live an who ma faither is an whit age ah am an who gote me the job an.... nosey gits.

Rab, the brickie's a big skinny man wi glasses, a heid o straggly grey hair an a huge moustache. It's aw broon. Must be aw the rollies ees smokin. The sparkie, Tam, is aboot twinty stone an stinks o BO. Ees gote a pair o jeans oan that ur tied wi string at the front o ees belly an every time he bends doon he shows ees builder's bum. Mingin. Ma lift Charlie's a moanin git. Ees a wee man wi bright red hair jist like mine an ees no gote a good word tae say aboot onythin or onyb'dy. Then thur's Whitey, the plasterer. That name suits um cos ees plastered. Ees gote a hauf bottle o whisky stickin oot ees dungarees an ye cannae tell whit ees sayin cos ees slurrin aw ees words. They aw sit aboot a lot, drinkin tea. Ah bet McManus widnae be happy if he saw thum. Efter aw, thur meant tae be workin tae earn a wage packet. Mibbe ah should mention it if he comes in?

Ah wis knackered by dinner time. Aw ah wis daein wis runnin efter thum aw. Up an doon stairs cairryin toolboxes an tins o paint, makin tea, sweepin up, makin mair tea, cleanin oot thur vans an runnin tae the corner shop fur Irn Bru an bridies. Ah didnae learn a thing aboot plumbin. Mibbe that'll be th'morra.

Then it startit. Efter ma dinner break. The dirty tricks. Wan efter anither they took the piss oot me. A gote sent fur a long stand, a glass hammer an a tin o sparks fur the grinder an ah fell fur every wan o thum. They pissed themsells laughin an ah gote a right red neck. Smart arsed gits. Ah still cannae believe ah fell fur Charlie's trick. Sent me oot tae ees van fur a tin o tartan paint. Ah didnae know ye could get that.

'Mind an cairry it careful' he said. 'Dinnae mix it up, fur fuck's sake.'

So, there ah wis, walkin back in, dead slow, bein careful no tae shake the tin an there they ur, the four o thum wi thur faces pressed up against the windae, creasin thursells. Bastards. Ah wis feelin like a right numpty.

It didnae stoap there though. They jist kept comin. The skirtin board ladder, the left haunded screwdriver an the fallopian tubes. By the time it gote tae the efternoon tea brek ah'd hud it. Ah wid tell thum ah wisnae happy. Ah wis dead nervous cos ah'd nivver really said ma piece aboot onythin like this afore. A wait fur a brek in the banter.

'Ah'm enjoyin workin fur ye aw the day lads.' Ah yased the word 'lads' so that ah sounded dead grown up. Rab tosses me a chocolate biscuit.

'Guid tae hear it wee man.'

Ah build up the courage tae jist come oot wi it.

'Ah'm no enjoyin aw the slaggin though.' Ah gave a wee laugh so they didnae think ah wis complainin.

'Ok.' says Tam. 'Ye deserve a wee brek. Yer aff the hook noo Bobby.'

It wis nearly finishin time but they couldnae resist wan last go. Cos they said aw the slaggin wis done wi, ah believed thum an so ah fell fur the last wan, big time. It jist aboot finished me. Ah wis sweepin up an Rab comes in wi a dish an spoon.

'Right Bobby. This is serious. If yer gonnae be a plumber ye'll need tae get yased tae dealin wi shite. Noo, thur's aw different kinds o shite an ye huv tae be able tae grade thum fae one tae ten. The thicker the shite, the higher the grade. Right?'

'Right Rab.' Ah'd nivver heard o that afore.

'Thur's only wan way tae dae it. Ye huv tae taste it.'

Ah couldnae believe whit he wis sayin. Ma stomach startit tae heave.

'Ah kin appreciate its no pleasant but that's the way McManus likes it done an if ye cannae dae it then he'll no take ye oan as a plumber. Noo watch me.'

Fur fuck's sake. He dips the spoon intae the dish o broon slimey shite, pits it in ees mooth an swallows it.

'Mmmmm.' He slaps ees lips the'gither. 'Right. Ah think ah wid gie that a grade three. Noo, it's your go. See if ye agree wi me.'

He piles the shite oan the spoon an ah know ah huv tae dae it or ah might no get tae be a plumber so ah open ma mooth, haud ma nose an eat it. It's a Mars bar. A bloody mixed up Mars bar. Next thing ah'm sick as a pig aw doon ma new overalls.

Rab's rollin aboot laughin an aw the rest o thum burst in, cheerin an pattin me oan the back.

'That's it Bobby' says Rab. 'Ye've passed aw yer tests. Yer wan o us noo son. Yer in the McManus gang.'

Ah passed the tests. Ah'm in the gang. Ah wis chuffed. Sick as a pig but chuffed.

Ah work masell tae a frazzle till hauf four then get ma lift hame fae Charlie. Ees drivin dead fast an rantin at the tap o ees lungs.

'If he thinks he kin get away wi this he kin think again. Ah'll fund oot who he is an ees gonnae wish he hudnae been born.'

Someb'dys upset um really bad, that's fur sure. He speeds through a red light an we screech tae a stoap right in front o the number nineteen bus. Ma belly's in ma mooth. The bus driver's gote ees haund oan ees horn an ees swearin like a trooper but Charlie jist ignores um, drives roond aboot the bus an speeds aff like a madman. Ees sweatin like a pig noo, still ravin, an ah'm startin tae feel dead sorry fur the unlucky bastard that hus it comin. Ah'm no sure ah should ask um who it is but ah take a chance.

'Who's made ye mad Charlie?' Ees grindin ees teeth noo.

'Some wee fucker hus spread a rumour that ma lassie's huvin a wean. Is she fuck. Lyin wee bastard. She'll no tell me who he is but ah'll find oot awright. Aye, an when ah dae ah'll chop ees fuckin baws aff.'

Ah squeeze ma legs th'gither jist at the thought o it. Charlie's no lettin up.

'Ah'm no huvin it. Ma Charmaine's a guid lassie an ah'm gonnae find the...'

Ah dinnae hear the rest o it cos ah'm frozen tae the seat. Charmaine? Charmaine... carrot-top, skinny, ex-girlfriend Charmaine? Aw naw... Charlie's er faither an it's me ees efter!

Ah pit the rumour roond the school. Ah cannae speak. Ah cannae breathe. Please God, dinnae let um find oot it wis me. Please. Aw fuck... whit huv ah done?

7. Granny an the Bag o Mince.

When ah get oot the van ah kin hardly walk. Aw that Charmaine stuff hus made jelly o ma legs. Ah get tae the hoose an ah huvnae even gote ma boots aff at the door when Maw pounces oan me.

'Right you. Yer granny's here. She's in wan o er moods so make sure you dinnae say onythin tae wind er up.'

Granny Pat. God help us. This is aw ah need efter the day ah've hud. She's ma maw's maw. She's no that auld but er face is aw wrinkly an tae make it worse she disnae wear er false teeth. She claims the dentist made thum fur someb'dy else's mooth, no hers. She's a big wumman, like Maw, an she ayeways wears this hackett big fur coat. It gies me the heebie jeebies cos it looks jist like a deid animal an stinks o moth balls. Ah think she's losin er marbles. She's no been right fur a while noo. Gets aw mixed up an talks shite. She disnae come very often cos her an Maw dinnae get oan an when she is here they dae nuthin but argue. Last time it nearly came tae blows. Ah'm no sure ah kin face this. Ah take a deep breath an go intae the livin room. The dinner's oan the table an Granny's sittin next tae ma faither, mutterin tae ersell. Ah ask er how she's daein but she jist gies me a dirty look an gets up aff er chair.

'Ah need tae get hame an ah'm in a hurry so gie me ma coat.'

Maw coaxes er back tae er seat.

'Huv yer dinner first Mammy. Look, it's mince, wi tatties an sprouts. Yer favourite.' Granny blows a raspberry at er plate.

'Ah hate mince an sprouts make me fart so ye kin stick that lot up yer arse. Ah need tae get hame an make ma Harry's dinner.'

Harry wis ma grandad. Ah dinnae remember much aboot um. Ees been deid fur years.

Faither tries tae get Granny tae eat er dinner but it disnae work. She jist sits starin at it wi a look o disgust oan er face. Maw tries again, speakin through clenched teeth, the way she does when she's no happy. Nae luck there either. Ah gie it a try.

'Granny... why no huv a wee cup o tea. Ah'll make it fur ye an ah'll bring ye a nice Rich Tea biscuit?' She jist laughs.

'Rich? So that's it eh? Ah kin tell whit yer aw thinkin. Granny's rich so we'll invite er fur er tea, be aw nice tae er, then rob er blind.'

Next thing she's tellin Maw that she's made er will an aw er dosh is goin tae the cat shelter. Then she sits back in er chair, folds er airms an gies Maw a gumsie smile. Maw's gote three different pissed aff faces. They work a bit like traffic lights. Pink fur 'Yer startin tae piss me aff', red fur 'Yer really pissin me aff so watch yer step' an pure purple fur 'Ah'm gonnae kill ye'. Er face turns pink.

'Well, if you're no lyin, an ye've left aw yer money tae a bunch o flea ridden moggies, dinnae expect a fancy funeral cos ye'll be gettin dumped in the allotment. If ye think ah'm payin oot ma ain purse tae bury ye, ye kin run up ma ribs. Yer a stupit auld...'

Oot the blue, Granny starts bawlin like a wean but thur's no a tear in sight. Ma faither speaks up. First time ever ah've ever heard um dae that.

'Ah think that's enough Ena. She's gettin upset noo.'

Maw's face changes fae pink tae bright red. She turns oan Faither.

'Who rattled your cage, eh? She's gettin upset! An whit aboot me then? Ah'm upset tae or does that no matter?'

Granny stoaps greetin. Next thing she's grinnin aw ower er face an spoonin great piles o mince intae er handbag.

'Harry likes mince. This'll be fine fur ees tea.'

Maw's face turns pure purple.

'Stoap that Mammy. That's a disgustin thing tae dae. Gie me that bag.'

She tries tae pull Grannys bag aff er but the auld bugger's haudin it tight up under er chin wi baith haunds. Efter a load o pushin an shovin Granny grabs the bag aff Maw an starts hittin er wi it. Thur's mince flyin everywhere. A great big lump lands oan Maw's heid an runs doon er face. She looks that stupit ah cannae help laughin. Bad timin Bobby. Maw lashes oot at ma heid but ah duck an she misses. That fires er up even mair. It's gettin oot o control noo.

'Noo look whit ye've done.' Granny's screamin. 'That's Harry's dinner an you've gone an buggered it up. Yer a stupit eejit!'

Maw wipes er face wi er apron an screams back at er.

'Here we go again! Yer no listenin! Faither's deid Mammy. Ees been deid fur ten years. Dae ye hear me? Ees no at hame. Ees deid!'

Suddenly, everythin goes silent. Maw sits doon an starts drummin er fingers oan the table. Granny grabs a sprout aff ma faither's plate an starts chewin it. No easy wi nae teeth. Faither's pushin ees mince intae wee patterns oan ees plate, feart tae look at thum. Ah try tae brek the ice.

'Ah hud a good day at work Maw... ah wis ...'

Granny cuts me aff.

'Ah've gote somethin tae tell ye Ena.'

Maw gets up, starts clearin the table, ignores Granny an turns tae Faither.

'Alec, pit Bobby's dinner tae heat in the oven. Ees been workin aw day an he needs tae eat.'

Granny tries again tae get Maw's attention.

'It's somethin ye huv tae know. Somethin important.'

Maw's no huvin it. She's in the huff. Granny gets up, pushes er shooders back an looks straight at Maw. A 'she devil' comes tae mind.

'Harry's no yer faither.'

We aw freeze. Solid. Thur's a nasty wee smile oan Granny's face. Maw glares at er. This is a new face. Nivver seen this wan afore. She's turned pure white, jist like a waxwork dummy. Granny's still smilin.

'Nae guid lookin ut me like that. Ye hud tae find oot sometime. Harry wis workin away an ah went wi ees pal. That's where you came fae. Noo, get me ma coat.'

Ah've nivver seen ma maw speechless afore. She jist staunds there, glarin at Granny. Faither looks ower at me an ah kin tell whit ees thinkin. We need tae get Granny oot quick cos Maw looks ready tae kill er. Faither grabs Granny's coat an tries tae get er tae the door. Too late. Maw turns oan er, screamin like a stuck pig.

'You're a wicked, nasty auld bitch. Tell me yer lyin. Tell me whit you jist said is a fuckin great lie!'

Granny's pullin oan er fur coat, actin as if naethin's happened.

'It's the truth. An dinnae call me a bitch. You're a bitch.'

Then aw hell breaks loose. Maw grabs the tablecloth wi baith haunds an drags it aff the table. Aw the dishes crash tae the flair an thur's sprouts rollin aw ower the carpet. Then she chucks the teapot an it jist misses the windae. Thur's steamin hot tea runnin doon the wallpaper an the place looks as if someb'dy set a bomb aff.

'Get er oot o here.' Maw's voice is jist a croak noo. 'Get er oot before ah'm done fur murder.' Then she storms oot an slams the door wi aw er might. The shelf in the dresser starts wobblin an, like a domino trick, wan by wan the dishes collapse an smash intae smithereens. Aw that's left is wan cup. Granny looks sideways at the pile o broken dishes.

'Oh well...' she moves tae the door in a mound o fur. '...ah better get hame noo. Harry'll be wunderin where ah am. Alec, you kin walk me tae the bus. Ye look as if ye could dae wi some fresh air.'

Ah cannae believe whit jist happened. Whit a nightmare.

While ma faither's away ah go doonstairs an try tae get Maw tae come oot er bedroom.

'Maw, ur ye comin up?'

She disnae answer.

'Wid ye like a wee cup o tea or a biscuit or something Maw? Ah kin get ye onythin ye want?'

Still nothin.

'Ur ye awright in there Maw?'

Then ah hear it. She's greetin, dead quiet, jist wee sobbin noises. It's the first time ah've heard that an it's the first time ah've ever felt sorry fur ma maw. Ah'm no sure whit tae dae.

When he gets back in, Faither disnae go near the bedroom. We clear up the mess then we sit there, no speakin. Faither's jist starin intae space, ees face aw crumpled up. When he does speak it's jist a tiny wee whisper.

'Whit a disaster. Whit a bloody disaster.'

That night ah hud a terrifyin nightmare. Ah woke up screamin an ah wis drooned in sweat an shakin like a leaf. Maw hud murdered Granny, suffocatin er wi the fur coat an she wis gettin dragged away screamin, by the polis. Charmaine wis takin the piss oot me, shoutin 'chicken legs' an laughin er heid aff an Charlie wis chasin me wi a fuckin great kitchen knife in wan haund an ma goolies in the ither. Ah sat up aw night wi the lights blarin. Ah wis scared oot ma wits. Ah huv tae sort this. Ma maw's a mess, Charmaine hates me an er faither's gonnae kill me. Ma life's turnin intae a right disaster. Ah huv tae sort it. No sure how but ah huv tae sort it.

Fur the next three nights ah sit up cos ah'm feart ah huv that dream again. Ah'm knackered at ma work cos ah spend every day dodging Charlie. Then ah huv tae sit in the van wi um oan ma way hame. He keeps talkin aboot the Charmaine thing an whit ees gonnae dae an ah'm beside masell listenin tae it.

Ah make a decision. Oan the Thursday efter ma work, ah wait ootside the Girl Guide hut tae catch Charmaine afore she goes in. She's aye there oan a Thursday. Ah'm gonnae beg er no tae tell er faither ah wis the wan that startit the rumour. Ah'm prayin she husnae telt um already. If she hus then ah'm oan the first boat tae Australia. When ah see er walkin up the street ma belly starts churnin. Here goes.

'Hiya Charmaine.' She disnae look pleased tae see me.

'Whit ur you daein here?' She's no happy.

'Ah wis jist passin.'

'Right.'

'Ah'm workin oan the site wi yer faither?'

'Aye, he telt me'

Ah might as well get it ower wi. The words come pourin oot ma mooth.

'Charmaine, ah'm dead sorry fur startin the rumour aboot you bein up the duff an big Gordie bein it's faither an ah dinnae huv a clue whit made me dae it... well, ah dae really, cos ah wis dead upset ah suppose... an then when yer faither said he wis gonnae find oot who it wis ah panicked cos he says ees gonnae chop thur baws aff an ah thought if ah could speak tae ye furst ye could pit in a word fur me an apologise tae um before he comes lookin fur me an if ye kin help me ah wid be dead grateful cos...' She loses the heid.

'So it wis you. Ah thought as much. Well, wait till ah tell ma da. He'll kill ye. Efter the Guides ah'm gonnae go hame an tell um. Then ye better watch yer back.'

Ah'm sweatin an shakin in ma boots noo. Aw ah kin dae is staund there, jibberin like a monkey. Then she laughs.

'Dinnae worry Bobby. Ah'm only kiddin. Ah knew it wis you but ah didnae tell ma da. Ah said it wis aw jist a joke an ees ower it. Yer awright.' Then she turns an walks away fae me.

'See ye Bobby.'

'See ye Charmaine'

Whit a bloody relief. Ah'll mibbe get some sleep the night. Nae mair worryin ah'm gonnae lose ma baws.

That's wan thing sortit. Noo ah need tae sort ma maw. Ah suppose it's a big deal findin oot yer faither isnae yer faither efter aw. Ah think ye'd be lookin at every auld guy in Glesga wonderin if it's him. Wan thing's fur sure though. Ah know whit Maw's like an she's no gonnae rest till she finds oot who it is. Ah kin help er find um. Ah'll go an see Granny an jist ask er ootright. She kin tell me then ah kin tell Maw. No sure whit we'll dae efter that but somethin'll come tae me.

When ah get hame thur's nae sign o Maw. She's still hidin in er bedroom. Faither's makin the dinner an no sayin much. Ah need tae find oot if she's awright. She's mibbe a crabbit pain in the arse maist o the time but ah widnae like er tae be dead miserable. Ah ask ma faither.

'Is Maw awright Faither?'

'She's in a state, as ye kin imagine. Yer granny's really upset er.'

'Aye. Is it true then... Harry wisnae ma real grandad?'

'Ah'm no sure Bobby but dinnae you worry aboot it. Yer maw jist needs some space the noo. It'll be awright son.'

Ah kin tell ma faither's worried so ah help um serve up the dinner an we get Maw tae come oot the bedroom an eat wi us. She's aw pale an quiet. No like er. We try oor best tae get er tae talk but we jist get wan word answers. She disnae eat. Jist moves the dinner aboot the plate wi er fork fur a bit then gets up an goes back doon tae er bedroom. Whit a mess. Ah'd be happier if she wis yellin at me. Dinnae like er like this. Tae make it worse its jist three weeks tae Christmas. No gonnae be much 'Ho Ho Ho' in oor hoose this year.

Maw's disappearin act lasts fur the next two weeks. She's in er room maist o the time an then when she does appear she's aw wrapped up in a big woolly cardigan. She disnae say a word. It's weird cos she's wearin ma faither's slippers an she jist shuffles tae the kitchen tae get a drink then it's back tae er bed. Faither's miserable an aw but he does ees best an makes ma dinners an gets me up an oot tae work. We jist get oan wi it.

Ah'm enjoyin workin an ah think ah'm gettin a bicep oan wan o ma airms. Ah huvnae heard aboot bein a plumber yet. Think ah might get Rab tae speak tae McManus aboot it. Ah'm waitin fur pay day an then ah'll get ma furst wage packet. Jist wan week an ah'll be rich. The workies ur aw startin tae wind up fur thur holidays, gettin the last joabs done oan the site. The hoose we've been workin in is nearly finished. Wish we could huv a hoose like it. The walls ur paintit, thur's new windaes an doors, fancy lino oan the flairs an a kitchenette an bathroom aw done oot. It's lookin dead posh. Ma joab is tae load the skip wi aw the rubbish an pack up the tools. It's startin tae snow an ah'm wishin ah could be mair excitit aboot Christmas. Oor hoose is dead morbid the noo.

At the tea brek the men ur talkin aboot last year's workies' do at the big McManus hoose. They aw gote a bonus in an envelope an thur wis blarin music, dancin, fancy food an loads o drink. Then we hud a right laugh talkin aboot the lassies fae the head office gettin pissed as farts an snoggin thum under the mistletoe. Thur's gonnae be wan again this year an they tell me that McManus is comin oan site the day an mibbe ah'll get an invite. Ah wid gie onythin tae get a look inside that hoose. Bet it's dead smart.

Efter the brek, ah'm telt tae staund at the windae an be the look oot fur the gaffer. Ah've tae shout loud when ah see um comin. Ah'm no there long when ah see the car.

'Ees comin! McManus is comin!' Ah shout as loud as ah kin an the place starts tae look like a Charlie Chaplin movie. Tam turns aff the music an everyb'dy's divin aboot, kiddin oan thur workin. Then Rab haunds me a sweepin brush.

'Here Bobby. Make yersell look busy.'

Ah'm brushin like fury when he comes through the door. Ees even bigger than ah remember an ees wearin a long black coat wi a big fur collar. Ah cannae stop ma legs shakin jist at the sight o um. He wanders roond the hoose, huvin wee quiet talks wi aw the men an then suddenly he starts comin straight fur me.

'Ah need a wee word wi ye son.'

Aw fuck. Whit huv ah done?

'Come oot tae ma car ah minute an you an me kin huv a chat.'

Ah'm bloody terrified.

We get in the car an ah cannae believe how posh it is. Leather seats an shiny knobs aw ower the dashboard. Smart. McManus rolls doon ees windae an lights a cigar.

'Noo, whit's yer name again son?'

'It's Robert James Muldoon, Mr McManus' Ma voice is jist a wee squeak.

'Right, Robert James Muldoon. How wid ye like tae make some extra money fur Christmas?'

'Aye, Mr McManus. Ah wid like that.' Ah'm feelin dead relieved ah'm no in trouble.

'Ma wife bakes Christmas cakes every year fur the auld folk an she's lookin fur someb'dy tae help er deliver thum? We like tae dae oor bit fur the less fortunate folk in the area. Wid ye be interested?'

'Oh aye, Mr McManus. Ah wid be happy tae help er.'

'Good lad. Ok. She'll be drivin roond the hooses an she'll tell ye the number. Aw you need tae dae is knock an say the cakes ur fae me? Sound awright?'

'That sounds awright Mr McManus.'

'Great stuff. If ye wait at the cross at hauf seven th'morra night she'll pick ye up. Ye kin kid oan yer Santa Claus.'

'Ah'll be there Mr McManus. Ye kin count oan me.'

'Glad tae hear that son. Noo, jist tell the gang in there we wur talkin aboot yer job. Ok? Dinnae want the tax man findin oot yer gettin extra spondoolies, eh?'

Ah get oot the car an McManus speeds away. Ah'm feelin dead special. Well done me. They must think ah'm trustworthy an responsible tae gie me an important job like that. Wonder how much money ah'll get. Ah'll tell Maw that ah'm goin tae the youth club an then ah kin keep the money a secret an buy er a surprise Christmas present tae cheer er up.

8. Santa's Little Helper

The next night she comes fur me. Mrs McManus. She's fuckin beautiful. Blonde hair, aw wavy roond er face, great big eyelashes an bright red shiny lips. She's the spittin image o Marilyn Munro. When ah get in the car ah nearly choke wi the smell o er perfume. Bet it cost er a fortune. She's gote a nice voice tae. Kinda gentle. She smiles. Ah smile back.

'Ah appreciate yer help, Robert. Thanks fur comin.'

'Nae bother Mrs McManus. It's nice o ye tae help the auld folk.'

'Christmas is a time fur sharin, eh? An, by the way, ye kin call me Sheila.'

'Ok Sheila.' Bet thur's no many folk get tae call er that.

While she's drivin she yaps away quite the thing, tellin me aboot er three dugs an er daughter whose same age as me an er plans fur the Christmas do at the big hoose. She says it's gonnae be the best wan yet an ah definitely huv tae be there. Ah'm chuffed at that.

Aw fuck. We're headin fur Easterhoose. It's no a nice place. Dead rough. Maw an Faither huv telt me no tae go onywhere near there cos thur's ayeways loads o trouble. Aw the gangs fight in the streets, beatin each ither up wi basebaw bats an slashin each ither wi razors an that. Wan time a wee laddie wis hit wi a flyin brick an hud tae huv a bit cut oot ees brain. Ah hope ah dinnae meet ony o the weirdo gang members.

We stoap at the first hoose an Sheila gies me a cake in a fancy box tied up wi ribbons an a wee bit holly oan the lid.

'This is fur number eighteen, Robert. Go through the close door an it's furst oan yer right. Jist say it's fae Mr McManus an come away. Be as quick as ye can an ah'll wait here fur ye.'

Ah think it's dead kind o Sheila tae dae this. She's rich an she's sharin it wi folk that huvnae gote much. Kind hearted ah wid say. Ah get intae the close an find the door. Ah knock. Thur's a dug barkin an a load o shoutin inside. The door opens an a man staunds lookin at me as if ah'm shit oan ees shoe. He looks pissed an ees wearin a string vest. It's aw ripped wi stains doon the front. Thur's a big tattoo oan ees airm. Black daggers, red roses an the name 'Bella' wi hearts aw roond it. Mibbe ah'm at the wrang door. This is no a wrinkly auld person. The cake must be fur ees granny. Ah gie um the box.

'This is a Christmas cake fae Mr McManus.'

He disnae answer. He jist grabs the box oot ma haunds an slams the door in ma face. Whit an arsehole. Nae appreciation. Ye try tae be nice an they cannae even say thanks. Ah go back oot tae the car an tell Sheila. She jist laughs an says no tae bother.

'That's the son, Mikey. Ees weird. The cake's fur ees granny.' Ah wis right. We dae anither couple o cake drops an wur at the last hoose. It's a block o six an this wan's fur the top flair. When ah open the close door ah'm near sick wi the stink o piss. The walls ur covered in graffitti an thur's weans screamin, music blarin an swearin fae every door ah pass. Ah go up the stairs dodgin the dug shite. Ah'm jist aboot at the top step when ah lose ma footin. Ah fall oan ma face, hit ma heid oan the concrete an the box catapults oot ma haunds an bounces aff every step tae the bottom. Ah run doon the stairs an open the box up tae check the cake. Fuck. It's in bits. Then ah freeze. Ah cannae believe whit ah'm seein. Inside thur's aw these wee plastic bags fu o white powder. Aw naw. It cannae be? Jesus! It is. Ah've been had. It's drugs. McManus an ees wife ur drug dealers an they've yased me. Ah'm thur fuckin drugs runner! Pure panic sets in an ah start tae sweat an shake. Whit the hell am ah gonnae dae noo. Ah cannae tell Sheila cos she'll tell McManus that ees been fund oot an ah'll be the one that... ah need tae get hame. Ah'm gonnae spew. How did ah get intae this? How could ah be that thick? Right Bobby, try tae stay calm. Jist walk back oot as if naethin's happened. Walk slow, get in the car an dinnae mention cake. Dinnae lose it noo or yer mincemeat. Then ah hear it in the distance. The bell. It's the polis. Thur comin fur me. Ma life flashes afore ma eyes an ah kin see masell gettin arrestit an tossed in a cell in Barlinnie. Ah've heard whit they dae tae ye in there an it disnae bear thinkin aboot.

It'll be aw ower the front o *The Sunday Post* an Maw an Faither'll be arrestit tae fur harbourin a criminal... aw fuck ... the bell's gettin louder. Thur movin in oan me. Ah toss the cake an fling open the close door. The car isnae there. It wis parked oot the front but it's no there noo. She's no there. She's gone. She's done a runner an left me tae take the rap. Fuckin bitch. Ah start tae run. Ah've no gote a clue where ah'm runnin tae but ah jist need tae get as far away fae here as ah kin. Ah belt through the streets an run fur whit feels like a hunner miles, no stoppin. Ah finally find ma way hame an ma legs jist manage tae cairry me tae the front door where ah collapse in a heap. Ah sit fur a while an wait till ah get ma breath. Then ah go in, straight intae the kitchen. Ah'm shakin that much ma knees ur knockin the'gither. Faither's sittin daein ees crossword in the livin room. He shouts through.

'Did ye enjoy the youth club son?'

Ah shout back, tryin tae keep ma voice fae shakin.

'Aye. It wis good.'

'Thur's some soup left in the pan if yer hungry.'

Soup? Nae chance. Ah've gote a great big lump o cement in ma belly. Ah haud ontae the sink tryin no tae vomit. Ah cannae go through tae Faither. He'll guess thur's something wrang wi me. Ah cannae tell um that ees son's a criminal. Ees gote enough trouble wi Maw an er invisible faither. Ah make fur ma bedroom door.

'Ah'm away tae ma bed noo Faither.'

'Righto son. Aw that dancin hus knackered ye eh? Nivver mind. It's Saturday th'morra so ye kin huv a long lie. Night son.'

Ah'm haudin back tears noo. Ah jist want tae sit wi ma faither an tell um whit's happened an ask fur ees help but ah cannae. Ah couldnae bear ees disappointment. Ah'll jist huv tae pray that naeb'dy saw me wi the cake an dobbed me in. That's it. Ah'll pray. Ah'll turn tae religion. Mibbe God kin save me.

Ah couldnae sleep a wink. Aw night ah wis up an doon tae the windae watchin fur the polis. Then aw day Saturday thur wis a wee voice in ma heid an ah couldnae get rid o it. Ower an ower again ah heard it.

'Yer a marked man Bobby Muldoon an thur comin tae get ye. Yer nicked. Yer life is over. Yer finished.'

By this time ma heid wis fu o wee whirlies thinkin aboot whit might happen tae me. Oan Sunday mornin it's aw ower the papers. Faither reads it oot tae me.

'Ah see they've busted a drugs ring in Easterhoose. Friday night. It says here thur's a group o men been arrestit. The polis gote a tip off... god, wid ye credit it... listen tae this Bobby... they wur gettin deliveries o Christmas cakes fu o drugs an then sellin thum oan. It says here the geezer at the heid o the operation is Ronnie McManus...'

Faither nearly choked.

'Wait a minute... Ronnie McManus? Is that no Archie's mate that gave ye yer joab Bobby?'

Ah could hardly get ma words oot.

'Aw... it cannae be Faither... Surely no?'

'It bloody well is. It says here that McManus and his missus ur in custody and thur up in court oan Monday mornin. Jesus son. Ye've been workin fur a drugs baron. Unbelievable. Well... it's a good joab yer maw's no readin this.'

Ah dinnae huv tae pretend tae turn peely wally. Ah kin feel aw the colour drainin fae ma face.

'God. That's terrible. He seemed awright tae me when ah met um Faither.'

'Well, it jist goes tae show ye, eh? Nivver judge a book by the cover son. They'll aw get time fur this that's fur sure. Lock thum up fur good ah say.'

Faither moved ontae ither news in the paper an ah tried tae stay calm. This'll be the talk o the place th'morra when ah get tae ma work. Bang goes ma wages an the Christmas do an ma present fur Maw. Ah wis gonnae buy er a new pair o slippers tae.

Oan Monday mornin ah wait at the cross fur ma lift but Charlie disnae come. Ah walk tae the site thinkin he might be ill or somethin but when ah get there the place is deid. Aw the hooses ur boarded up an thur's nae sign o a workie onywhere. Ah'm mibbe a bit thick at times but it disnae take me long tae get the picture. They've shut McManus doon an that means aw the workies huv loast thur jobs. Naeb'dy telt me ah've loast mine. Seems ah'm no that important.

When ah get hame thur's an ambulance ootside the hoose. Ah go in an find ma faither in a right state. Maw's oan a stretcher in the livin room wi a red woolly blanket ower er. She looks like death.

The doctor takes ma faither tae wan side an ees speakin dead quiet. Ah listen in.

'Mr Muldoon, your wife is very poorly. She's suffering from clinical depression and we need to get her to hospital to have her assessed. Would you like to go in the ambulance with her?'

Faither looks panic stricken. 'Aye. Please. Ah'll jist get ma coat an see tae ma son.'

Then he comes tae me an pits ees haund oan ma shooder. Ah'm sure ah kin see tears in ees eyes.

'Yer maw's really ill Bobby. Ah didnae realise it wis this bad. Ah thought she jist needed time tae think aboot things an she wid come oot wi aw guns blazin if we left er alane. Then this efternoon she widnae speak a word tae me. She jist lay there, dead still, white as a sheet, starin at the ceilin. Ah called fur the doctor then. Ah gote it wrang son. Ah gote it wrang an it's aw ma fault.'

Ah try tae make um feel better.

'Dinnae say that Faither. It'll be awright. They'll sort er an we'll get back tae how it wis afore, eh?'

'Ah hope so son. It'll jist be you an me fur a while Bobby. Jist you an me.'

Then fur the first time in ees life ma faither hugs me. He hauds oan tight fur ages till the doctor calls um.

'We're ready to go now Mr Muldoon.'

'Right. Ah'll go wi yer mother noo Bobby but ah'll be back soon.' Then he walks oot the door.

'Yer mother'. That sounded weird. She's ma maw. Ma maw that's ayeways been here an now she's... Ah watch fae the windae.

Ah see thum pit Maw intae the ambulance an ma faither climbs in efter er. Then they bang the doors shut an drive away, roond the corner an oot o sight. Ah sit in Maw's chair. It's that quiet ah kin hear ma heart beatin. Then ah notice it. The durt. Ah've nivver seen the place like this afore. Marks oan the furniture, smears aw ower the windae, dirty dishes still oan the table an last weeks papers piled up oan the flair. Ah move tae the sideboard an run ma fingers across the dust, drawin wee faces... wee sad faces, cos that's how ah feel. Whit's happened tae me? Things wur lookin up. Then, everythin fell apart an noo ah've gote nuthin goin fur me. Ah'm a marked man wi nae joab, nae girlfriend, nae grandad... an noo... nae Maw. Ah might as well gie up tryin tae make somethin o masell.

Ah'm jist aboot tae admit that ah'm a total failure when ah remember somethin Archie telt me. He said that failure isnae when ye lie doon tae yer problems. Failure's when ye lie doon an refuse tae get up again. Right then. Ah kin fix aw this. Ah make a plan in ma heid. A four bit plan tae get aw this sortit. First, ah'm gonnae help tae get Maw well again. Then ah'll dae ma detective bit an she'll huv a real faither an ah'll huv a real grandad. That'll be two bits done. Ah'll work oan ma biceps, learn masell some chat up lines an get masell a proper girlfriend. Charmaine kin get tae fuck. That's three bits. Last bit is tae go roond aw the sites an find anither joab. Ah'll mibbe even get Faither tae help me be a jyner.

It's only a few days till the New Year an that'll be nineteen sixty eight finished. Thank fuck. It's been the worst year o ma life. Next year's gonnae be different though. Ah'm gonnae take Archie's advice an be dead positive. When the bells go on the first o January, nineteen sixty nine, ma plan goes intae action. Ma confidence buildin, four bit action plan. That's when ah'm gonnae sort stuff an make somethin o masell. So, tae everyb'dy oot there that thinks ah'm finished... ye kin aw get stuffed cos ah huvnae even startit. Ye huvnae seen the last o Robert James Muldoon, four feet three wi bright red hair an legs like a chicken.